神の一滴

YOKOKUMO
Hitomi
横雲一美

文芸社

目次

神の一滴

プロローグ

〝私の残り時間はあとどのくらいあるだろう〟

乳がんの疑いで検査を重ねるうちに、そう考えるようになっていた。

子ども達が大学を卒業する直前の就職準備をしている時だった。

これから自分の時間を楽しもうと考えていた出ばなを挫かれた気分だ。

がんだとしたら、手術で腫瘍を切除することになるだろう。しかし、手術で取り除いても、再発や転移の可能性がある。

放射線治療や投薬治療を受けて、完治を目指すという選択肢もあるだろうが、私の選択は積極的治療を受けず、今まで通りの生活を続けること。

病状が悪化した時は、薬で痛みを抑えるにとどめ、単に生命の維持だけを目的とする延命治療は望まない。

それは、生きるのを諦めることではなく、私という人間の尊厳を守り、どう生きるかの選択の自由を得るために。

しこり

鏡に映る私を、私が見ている。

いつの間にか増え始めた白髪。

お腹には、ひび割れた妊娠線の痕と、贅沢をしたわけでもないのに、しっかりぜい肉がついている。

視力の低下で、化粧品のラベルに書かれた小さな文字が読めなくなった。

同級生の集まりで、老化現象の話題になった時に教えてもらった。スマートフォンのカメラで撮影し、写真を拡大して見ていると。

なるほど、眼鏡を持ち歩く習慣はないが、スマートフォンならいつでも側《そば》にいる。

電話やメール等の連絡ツールとしてだけではなく、調べものや道案内、映画鑑賞もできる〝頼れるパートナー〟だ。今後は拡大鏡としても活躍を期待できる。

様々な老化現象に加え、今日、入浴中に新たに発見した異物の存在を鏡の前で改めて確認する。いつものように泡を滑らせ体を洗っていると、右の乳房に異変があった。

またしても、しこりの出現だった。

数年前、同じようにしこりが見つかり病院で検査を受けた時、良性の結果に安堵したものの、定期的な検査を受けるよう指示が書かれていた。しかし時間の経過と共にしこりは消え、忘れていた。

風呂上がりのルーティンを済ませ、頼れるパートナーを起動した。

検索すると、画面に立派な病院の写真と診療科の案内が映し出された。

診察

広いロビーで案内板を探し、辺りを見回す私に、制服姿の女性が声を掛けてきた。

「お見舞いですか」

私は検診の用紙を見せ、

「いえ、検診センターはどちらでしょうか」

と訊ねた。

午後の病院は外来診療が終わっていて人は少ない。

「それでは、こちらのエスカレーターで上がって右手にお進みください」

と案内してくれた。

女性にお礼を言ってエスカレーターに乗り、吹き抜けになっている新しい病院の空間を眺めた。

二十三年前、私が同病院に通い始めた時は古い建物に増築を重ねた迷路のような廊下を大きなお腹で歩いた。

妊婦健診から出産、産後健診、小児科と、長年お世話になった病院だった。

今は場所が移り、広々とした、まるで医療ドラマに出てくるような立派な建物になっている。

数年前、初めて新しくなった病院へ来た時も立派な建物に驚いたが、まだ慣れない。

広いロビーを眺めながら、前回の検査結果のことを思い出していた。〝がんの疑いあり〟という文字を見て、力が抜けていくのを感じた。検査結果は郵送で届く。

私の日常は変わりなく過ぎ、病院から送られてきた封筒を開けるまで、このままそれが続くと思っていた。けれど結果を知り、突然色のついた雨が降ってきたような心地になった。

すでにしこりが認められた状態でマンモグラフィーの検査を受けても、再検査になることは知っていたので、今回は同日に超音波検査も受けていた。

前回は〝良性〟と書かれていた所見欄に〝要精密検査〟と書かれている。

まだ確定ではない。だから、目の前が真っ暗になるというより、色のついた雨がポツポツと降ってきたという表現が相応しい。

乳腺外科外来を受診するよう指示が書かれていたので、再び病院を訪れた。

今回は入り口から真っ直ぐロビーを歩き、エスカレーターに乗った。検診センターへ行く手前に乳腺外科外来はある。

初対面の医師の左胸につけられた名札には、診察室の扉に貼られていたプレートと同じ名字が記されているので、自己紹介など必要ないのだが、

「おはようございます」

と挨拶をして入室した私には目もくれず、超音波検査の画像を見ながら、

「ここね。この形状が悪性の所見なので、次回、ＭＲＩと組織生検（病変組織を採取し顕微鏡で調べる検査）で病変部位を観察します。向こうで説明受けてね」

と言い放った。実に明瞭、簡潔で無駄のない診察だった。

多くの患者を捌く必要のある大病院では、合理的に作業を進める仕組みができているようだ。待合室へ戻ると、看護師さんが検査説明のパンフレットと同意書を持ってきた。記

入箇所の説明をされ、パンフレットをよく読むようにと言われた。

かくして、短い所要時間で帰ることができた。

この様子だと、もしがんだとしてもドラマのように診断を聞き、医師の前で泣いたり、取り乱したりするなんてことは許されない雰囲気だなと、少しほっとしたような気分で広いロビーへ向かうエスカレーターに乗った。

多くの日本人がそうであるように、私も普段は人前では感情は抑えめに振る舞っているはずだ。しかし、本来の私は、感情的に大声で泣き、意に反することには従わない頑固なところがある。おまけに小さな頃からおてんばだった。

検　査

ＭＲＩ検査は機械の音が大きいらしく、耳栓を貸してもらえた。

乳房の断面画像を撮るため、装置の上でうつ伏せになり周囲は見えない。

手にブザーのスイッチを握らされる。気分が悪くなった時は、強く握ると中断してくれるらしい。

準備が整い、私をのせた台は勢いよくスライドし、機械に吸い込まれた。

風を感じる。

耳栓をしていても、大きな機械音はよく聞こえる。そして何かの危険を知らせるように、ブザーが鳴っている。

まるで宇宙戦艦にでも搭乗しているかのような気分になった。大きな音でブーブーとブザーが鳴った後、ガッコン、ガガガガッと機械が動く音がする。私は頭の中で、

「敵からの攻撃に備えよ」

と、アニメの物語の世界にいる想像をした。何だか楽しくなってきた。

途中、二度、検査技師さんから声を掛けられた。造影剤を入れるという知らせと、気分は悪くないかという確認だった。

気分は全く悪くない。

しばらくして風と音は止み、敵からの攻撃を受けることなく、無事帰還することができた。

診察室に呼ばれて入室すると、医師は断面画像を見ながら、

「やはり悪性の所見だね。造影剤の流れる速さが一定であれば問題ないけど、腫瘍のところで流れが速くなっている。このまま予定通り組織を採って病理検査ね」

さらりと速やかに検査は進んでいく。

隣の部屋に移動して仰向けで横になると、別の医師が麻酔の注射をする。今回は敵からの攻撃を回避できそうにない。

私が受ける〝バコラ〟という装置を使う組織生検については、事前にパンフレットを読

んで内容を理解していた。局所麻酔の後、腫瘍近くをメスで切開し、超音波画像で腫瘍位置を確認しながら太い針を刺し、腫瘍組織を採取し、管で繋がっている機械がそれを吸い取る。

私は攻撃に備え、目を閉じた。

警報のブザーは鳴らない。

ここまで疑わしい材料が揃ったなら、もう疑いようもなくがんでしょうと観念した。

心の雨は色濃く、本降りになった。

ロビーへ向かうエスカレーターには誰もいない。新しい建物になってから、これほど長い滞在をしたことはなかった。

会計を済ませ建物を出ると、春の強い風が髪を乱した。

「また髪が伸びたな」

前回、しこりが見つかった時、腰まで伸ばした髪を切り、ヘアドネーション（病気や事故で髪の毛を失った子ども達に医療用ウィッグを無償で提供する）の活動をしている大阪の団体宛に郵送した。小児がんの治療により髪を失った子ども達のために、人毛の医療用ウィッグを無償提供している非営利活動法人らしい。

頼れるパートナーは何でも教えてくれる。

〝がんの疑いあり〟という前回のマンモグラフィー検査の結果を知ってから、もしかしたら私も治療の影響で髪を失うかもしれないと思い、その前にできることはしておこうと思った。

子ども達のがん保険も申し込んだ。がんは遺伝するという話が本当かはわからないが、備えておくべきだと思った。

その後、超音波検査で良性のしこりであることがわかったのだった。


ＭＲＩ検査から二週間が経ち、組織生検の結果を聞くため、病院へ向かった。今日も簡潔に結果を聞いてすぐに帰れると思っていた。

ところが、そうはいかなかった。

乳がんであることが確定し、医師はパソコン画面で病室と手術室の空き状況を確認しながら、

「手術の日程だけど」

と切り出した。

「家に帰ってから考えます」

と私が言うと、

「何を考えるの」

と聞かれた。

「手術を受けるかどうか」

私の返答に、医師は不思議そうな顔をこちらに向けた。戸惑ったのだろう。少しの間があり、

「考える必要はない。早く切らないと大きくなって進行がんに変わって転移する。そうなったら助からないよ」

と苛立った様子を見せた。それでも、心の準備が……とか、他の医師の意見も聞きたいと、なおも手術を拒む私に、とうとうケンカ腰の口調になった。

言うことを聞かず、ペースを乱してくる患者が気に入らないのだろう。

「他の患者さんに怒られちゃうから一度出て。あなた一人にかかってられないんだよ」

と、診察室から出ていくよう言われた。

「怒っているのは先生でしょう」という言葉は呑み込んだ。

看護師さんと別室へ移り、話をすることになった。どうやら医師から説得を命じられたようだ。

「先生のあの言い方もどうかと思ったけど、なぜ手術を受けたくないの」

と、看護師さんが聞いてきたが、

「うまく説明できない。とにかく考える時間が欲しい」

としか答えられなかった。

看護師さんの説得は続く。

「手術の予約は次々埋まって、時間が経つと随分先の日程になって、その間も腫瘍は大きくなってしまうのよ。今は早くても二ヶ月先の予約になるから、そこに予定を組んでも考える時間はあるわよ」

手術の予約を入れるまでは帰れないようだ。

私は説得に応じることにした。

ロビーに下りるエスカレーターに乗りながら、手術を回避する方法を考えていた。

帰宅後、病院の領収書を整理していて気付いたことがあった。

バコラという組織生検は、診療明細書に「手術料」と区分記載されている。

項目には「乳腺腫瘍画像ガイド下吸引術」と書かれ、保険点数は六千点を超えていた。

加入している共済組合に電話で問い合わせてみると、日帰り手術給付金の対象であることがわかった。

毎月保険料を払っていても、加入してから時間が経過して保障内容を忘れてしまったり、保険金の支払い対象の内容を知らないことは多い。問い合わせには丁寧に応じてくれるので、私は医療費で気になることがある時は共済組合に質問するようにしている。

医　療

医療の勉強をしたことがない素人の私が知りたいことを調べる時、まずは〝頼れるパートナー〟であるスマートフォンで情報を得る。この時も関連書籍をいくつか知ることができた。

小説を読む時は、印刷された紙の本を好むけれど、情報を得たい時は電子書籍を購入している。関連書籍の中から、乳がん治療を行っている医師や患者が書いた電子書籍をいくつか購入した。

乳がんの可能性があるとわかってから、がんと診断されても取り乱さず冷静な判断ができるように、国立がん研究センターのホームページや入手した電子書籍に書かれている内容から得た情報を元に考えてみた。

行き着いたのは、今ある腫瘍を切除することは意味がないのではないかということ。

私が知ったのは、

- 悪性腫瘍と診断されても、悪性ではない可能性があること。
- がんには転移する性質のものと、そうでないものがあるが、検査の段階ではどちらかわからないということ。
- 転移する性質のものであれば、原発病巣が発見される大きさに成長するまでの間に、血流と共にがん細胞が広がり、すでに転移していること。その転移したがん細胞が分裂を繰り返し、検査で発見されるか、または何らかの症状が現れるまで、どの程度時間を要するかわからないということ。
- 乳房は命に関わる臓器とは違い、悪性腫瘍ができても、転移しなければ命を落とすことはないということ。
- 乳がんから臓器や骨への転移後、命に関わる状態になるまでの成長速度は、腫瘍の性質によって違うということ。
- がん細胞が命をおびやかす以前に、がん治療によって正常細胞にもダメージを受け、その影響で命を落とす可能性もあるということ。

・治療によって転移を止められたという臨床データは存在しない。

ということだった。

医療従事者は患者の命を救うために医学を学び、日々患者と共に病気と闘っているのだと思う。その人達から手術を勧められたあの時、私自身が研究を行って得た知識でもないこれらのことを、手術を拒む理由として言えなかったのだ。

命を救うために手術を勧める医療従事者と、生きるために手術を拒む私には、認識や価値観に大きな隔たりがあり、それを主張することは憚られた。

後日、病院へ電話をかけ、他の病院で治療を受けたいので紹介状を作成していただきたいと依頼し、入院と手術の予約をキャンセルしてもらった。紹介状の受け取りは会計カウンターで済むため、ロビーを見渡せるあのエスカレーターに乗ることは、もうなかった。

選択

生命を終えるまでの長さは決められなくても、どう生きるかは自分で決めたい。

病院での診断結果は、乳がんステージⅠ、ホルモン受容体陽性。腫瘍の大きさは一センチメートルにも満たない小さな小さなしこり、だった。

早期発見と言えるだろう。

すぐに手術で摘出すれば治ると、一般的には考えられているが、実際は再発や転移により再手術もあり得る。現に治療を受ける人は、入院、手術、治療、検査を繰り返し、ゴールの見えない苦痛を伴う闘いが長期間続く。

早く治して日常を取り戻したいと願いながら、いつまで続くのかわからない不安とも闘っている。

家族、友人、医師、看護師、皆が励まし支えてくれる。そういう闘病の記録をドキュメンタリー番組などで見ると、治って欲しいと思う。希望を持ち、勇敢に病気に立ち向かう姿に心を打たれるが、助からないと知った時、ほとんどの人が最期は治療をやめ自宅へ帰ることを選んでいる。

私が医師から提示された標準治療は、乳房の部分切除、放射線照射のため十六日間連日通院、ホルモン剤を五年間服用。定期検査を続け、再発した場合は腫瘍の大きさにかかわらず乳房全摘出。リンパ節への転移があればリンパ節郭清《かくせい》。全身の転移の有無を確かめるためのＰＥＴ検査（放射性薬剤を使用する精密検査）。

がん患者として治療を受けると、最低でも十年間は検査が続くことになる。

腫瘍の性質や、診断を受けた段階も一人一人皆違うのに、私達は確率を知りたがる。

罹患後の十年生存率？　その数字から何がわかるというのだろう。

治療を受けた人と、治療を受けずに気付いた時には手遅れだった人の生存年数は、比較のしようがない。いつ悪性腫瘍ができたのかわからないからだ。

私が知りたいのは、あと何年生きられるかという年数の確率ではなく、今まで通りの日常を生きる方法だ。がんと闘うことに向ける気力は湧き立たなかった。

あくまでも私の場合だけれど、気力体力が向かうのは楽しいと感じることだ。

私はがんを排除するより受け容れてしまおうと決めた。

私はがん治療を受けないという選択をしたけれど、その場合、ただ放置するだけで良いというわけではないことも、本を読んで知った。

病状が悪化し、急性期病院に運ばれると、入院、検査、手術、治療という流れになるだろう。そうなった時に家族が慌てて救急車を呼ばなくても済むように、私の選択を尊重し、経過を診てもらえる医師を探す必要がある。

いつものように〝頼れるパートナー〟で検索し、二十四時間連絡が可能な、強化型在宅療養支援診療所という病院があることを知り、さらに検索して自宅から近い施設を探した。

運良く該当する施設の中に、がん治療と緩和ケアを行っているクリニックがあったので、電話をかけ予約をした。

クリニックは自宅最寄り駅から二駅先で降り、そこから徒歩三分ほどの場所にあるビルの一階だった。

予約時間に遅れることなく到着すると名前を呼ばれ、診察室には温厚そうな初老の医師が待っていた。扉には「院長診察室」と書かれていた。医師の名札には、ホームページに記載されていた院長の名字が記されている。

「こんにちは」

と挨拶を交わし、最初に私の希望を訊ねてくれた。私は事前にノート一ページにまとめた趣意書を院長に読んでいただいた。

標準治療を受けず、今まで通りの生活を送りたい理由と、病状が悪化した時には苦痛を取り除くための緩和ケアを希望すること、通院が困難な状態になった時の訪問診療の依頼と、急変時の緊急の応診と看取りをお願いしたいということ。その際、延命治療や心肺蘇生は希望しないので、すでに尊厳死の宣言書を作成してあることも書いた。

院長は私の意志を尊重した上で、がん治療については標準治療以外の選択肢もあるかもしれないから、同院の乳腺外科の医師にも相談するようにと仰ったので、乳腺外科を受診する予約をすることにした。

終始穏やかに話される院長から、一つの懸念について提案された。

私の考えを家族が理解できず、治療方針で揉める可能性があることを想定し、院長自ら私の主治医として家族と話すことも引き受ける。家族も連れてくるようにと。

言われてみると、確かに私は自分が納得できるようにということしか考えていなかった。

「家族にはそれぞれの考えや、あなたに対する思いがあるだろうから、それを置き去りにしてはいけないよ」

優しく教えてくれている院長に、家族と話し合うことを約束して診察は終わった。

最後に院長が、

「一緒に頑張ろうね」

と声を掛けてくれた。

「先生とお会いできて良かったです」

私は心からの礼を言って退室した。

外は桜の季節だ。

忙しく駅へ向かう人の波から外れ、美しい桜を見ながらゆっくり歩くことにした。

家族と話し合うと言っても、私の考えを理解してもらうのは難しいと思った。

誰も大きな病気になったことがないので、闘病生活というものがピンとこないだろうし、治療を受けようとしないことは病気から逃げていると思うかもしれない。

けれど、今回私なりに調べて知ったことを家族に話してみると、皆理解を示してくれた。

再発、転移の可能性があることや、長期にわたる闘病よりも今ある生活を続けたいという私の選択を見守って欲しいと伝えた。

双子である息子達からは、前向きに生きるための夢は何かあるのかと聞かれた。

君達が大人になったので、これからは行きたい所へ行って自分の時間を楽しむよと言うと、

「本を書いてみたら？　本が好きでよく読んでるし」

という言葉が返ってきた。

そんなふうに言われて嬉しく感じた。

親が子どもに夢を訊ね、背中を押すことはあっても、逆は考えたことがなかった。

子どもは親をよく見ている。親の幸せを願ってくれているのだと知った。

私は子どもの頃から本が大好きだった。夜寝る時、母に絵本を読んでもらうのが好き

だった。仕事と家事で忙しい母を独り占めできる幸せな時間。だから私も子どもが小さい頃は毎日寝る時、子どもと一緒に布団に寝転んで絵本を読み聞かせた。

二人の息子は一冊ずつ、読んで欲しい本を持って嬉しそうに布団に寝転がる。

私が本を読むのをじっと聴けるようになってからは、寝かしつけに手こずることはなかった。

本は私に幸せな時間をくれた。

そしてたくさんのことを教えてくれた。

絵本から始まり、成長と共に漫画や児童書を読むようになり、小説、専門書と広がっていった。

がんかもしれないという状況の時も、私の知らないことや知りたいことを教えてもらおうと本を頼った。

私が本を書き始めたことを息子達に話すと驚いているので、本を書いてみたらと私に勧めたことを覚えていないのかと聞いてみると、

「そんなこと言ったかなあ」

という答えだった。

ん？

私は誰から言われたのだろう。夢でも見たのかと、狐につままれた気分だ。

老後とは

人生五十年と言われた時代であれば私はもう死んでいる。

今は人生百年時代と言われているけれど、百歳になった私は何をして、どのようなことを考えながら日々を過ごすのだろう。

これから先の十年くらいなら、目標もあって、美味しいと感じながらお酒と食事を楽しむことができると容易に想像もできる。

難しいのは、年金生活とか老後という領域の生活を想像することだ。

今は仕事をしていて生活に困らない所得がある。それを食べること、遊ぶこと、欲しいものを買うことに使える。この欲が年金生活になったら突然なくなるものでもないだろうから、今より少なくなった収入の範囲内でやりくりしていくのだろう。

蓄えがいくらあったとしても、取り崩せば目減りするので恐ろしくて使えないのが高齢者だ。

かつて銀行に勤めていた時、八十歳を過ぎた男性の顧客に定期預金の満期が近づいていると連絡したことがあった。その時のことが印象に残っている。

定期預金は複数の証書に分けられ、合計で五千万円を超えていた。その男性はそのまま利息も含めて継続するという意向だった。

利用目的によっては定期預金にしておくより他の預け方なり、金融商品の案内が必要になるケースもあるので、どのような考えをお持ちなのか訊ねてみた。

その方の返答は、「老後のために使わずに取っておきたい」。

現役で働く当時の私は、八十歳を過ぎた方はもれなく老後を過ごしていると思い込んでいた。

けれど実際にその年齢になっている人にとっては、老後はいつか訪れる未来という定義のままなのだと教えられた。

であれば老後とは、人生を終えて三途の川を渡る時なのだろうか。そこではもうお金の使いようもない。

子どもや孫に遺したいとか、子どもと同居するための家を建てる資金だとか、具体的な目的がなくても、なくなるのが怖くて取り崩せないのが預金というものなのかもしれない。

継続していただけたことへのお礼を男性に伝え、意向のままの手続きを終えた。

私の老後のイメージは、仕事を引退して時間に追われることなくのんびり本を読んで、気が向いた時にゆっくり食材の買い物でもして、食べたいと思うものだけ料理して、夜寝る時は目覚まし時計をセットせず、寝落ちするまで本が読める。

あくまでもイメージである。

現実はすでに老眼が進んで、長時間小さな文字を見ていると疲れてしまう。若い頃持っていたイメージの中にそんな老化現象は含まれていなかった。

食事の支度や準備の買い物にしても、自分一人の食事に手の込んだ料理は作らない。

スーパーへ買い物に行けば混雑していて真っ直ぐ歩けない。買おうと思ってトマトの棚の前まで行くと、高齢の女性が熟し具合を確かめているのか、トマトを手当たり次第に指で押している。買うのを諦めてトマトの水煮缶を探しに行くことにした。

買い物はゆっくりできるものではなかった。スーパーが混んでいるのは仕事帰りの時間帯だけではなく、開店前から駐車場に車が停められ、店の入り口に行列ができている。

誰かが指で押す前のトマトを買うなら、開店前から並ばなくてはならないのだ。

老後をのんびり暮らすために人口の少ない町に引っ越すということも考えてみたが、生活に必要な買い物ができる店だけでなく病院も近くなくては不便だとか、出かける時は駅が近い方が良いとか、遠くへ出かけるのに新幹線が停まる駅が良いとか……希望に合う所を見つけるのは難しい。人口が多い、今住んでいる場所の便利さに慣れてしまっていることに気づき、やっぱり今住んでいる場所にある一つ一つをありがたく感じて、ふり出しに戻って、この場所で快適に暮らすことを考えるという作業を頭の中で何度したことだろう。

今のところ車の運転ができるので、どこへ行くのも不便を感じない。

山登りができる健脚もある。近くに日帰り登山のできる低山もある。

いずれ車の免許証が更新できなくなり、脚腰も弱る。スーパーに向かう気力もなくなる。

人生の最終章、私は何をする人ぞ――。

老後のイメージを書き替えてみよう。街を歩いている時、電動車イスに追い抜かれたことがあった。私の歩くスピードより高齢者が乗る車イスの方が速く移動できるのだ。意外にも工夫一つでのんびりした老後ではなく、アクティブな老後が可能なのではないか。

街の中のバリアフリー化が進み、駅にエレベーターが設置され、駅員が車イスの方の乗降に付き添っているのを見かけたことがある。

介護タクシーという移動手段もある。

ネットスーパーで買い物をして商品を届けてもらうこともできる。

本を読みたければ、電子書籍を買って、文字の大きさを二〇〇パーセントまで拡大表示してくれるアプリを利用すれば良い。

考えてみたら家でのんびりしていられる性分ではなかった。

心穏やかに過ごすことと、家でのんびり過ごすことは同じではない。むしろ私にとっては逆だ。

外に出て日常の空間から離れることが、心を穏やかに保つ源泉なのかもしれない。

源泉といえば、いくつになっても温泉に身も心も浸りに行く楽しみを失うことはないだろう。

私の祖母が脳梗塞で倒れ、右半身不随になった後、温泉施設へ一緒に行ったことがあった。大浴場の床はタイルだったと記憶しているが、当時まだ五歳だった私は何の手助けもできなかった。洗い場の床は滑るので、母と叔母が支えて歩くのも危ないからと、祖母はお尻をついて少しずつ体をずらしながら移動していた。

現在、私が気に入っている旅館の大浴場は洗い場から浴槽の縁まで畳が設えてあり、埋め込み式の浴槽には大型の手摺りもある。

初めてそのお風呂を見た時、亡くなった祖母を想った。冷たく硬いタイルの上を、お尻をついた状態で移動するのは痛かったろうと。祖母が不満を漏らしていたという記憶は一切ない。その娘である母も艱苦《かんく》に耐える人だ。祖母を畳敷きの温泉に連れて行くことはもうできないが、母を誘ったことはあった。

七十七歳になった母は体のあちこちが痛いと言いながらも、毎日畑仕事をしている。

「畑に休みはない」

と言って旅行は断られる。

老後を生きているという感覚はないのだろう。恐らく私も老後などという領域に達することはできなさそうだ。

自分を生きる

二十代前半は、〝自分探しの旅〟という言葉の意味が理解できなかった。

ここにいる自分とは別の人間になれるということなのか。理解できないままでは面白くない。

私は〝自分探しの旅〟の本質を知るための一人旅に出ることにした。

怖いものなど何もないというほどの、若い無鉄砲さがそうさせた。

当時スノーボードが流行し、私もスキーからスノーボードに一時期乗りかえた時だった。ボストンバッグとスノーボードを背負い、飛行機で北海道の女満別空港へ向かった。

関東平野のど真ん中で生まれ育った私は、雪の世界に憧れがあり、北海道の雪質を体感したかった。颯爽と滑るイメージが頭の中で再生されていた。

始めたばかりのスノーボードが、北海道の大自然の中だからといって急に上達するわけもなく、現実の私は広大なスキー場にポツンと置かれたバスの中にいた。

走らなくなったバスの座席を取っ払い、ストーブを焚いてスキーヤーの休憩所として用意されていた。

北海道の寒さを完全になめていた。

新潟県の湯沢町や、栃木県那須塩原市などにあるスキー場で滑る時の装備では、凍えてしまってゲレンデにいられなかった。

しばらくバスの窓から、ゲレンデを滑り降りてくる人達を眺めていた。結局その後、一度だけリフトに乗り、数えきれないほどの尻もちをつきながら降り、早々にゲレンデを後にした。

その日のうちにコンビニから宅配サービスを利用してスノーボードを自宅へ送り、ボストンバッグ一つだけの身軽な状態にして北見市に泊まった。

そこから先は電車で移動し、南下して関東へ戻るということしか考えておらず、移動にどのくらい時間がかかるのかも、ろくに調べていなかった。

気ままな一人旅、急ぐ必要もない。気の向くまま一人を楽しもうと、のん気に駅弁を選んだ。

次は函館山からの夜景が見たい。そう思って、函館十字街近くのユースホステルを予約した。

オホーツクから函館まで長い長い列車の旅。

車窓から雪景色を眺め、ビールを飲みながら駅弁を食べ、ぐっすり眠ってもまだまだ北の大地は続く。

北海道は広い。広すぎて函館に着いた時には函館山へ行く気力を失くしていた。

とりあえず宿に着いたという安心感で朝まで眠り、目覚めは爽快だった。

函館山からの夜景は、また別の機会に取っておくことにして、次は秋田県を目指した。

列車は青函トンネルを走り、青森県へと入った。青森県に立ち寄ることも考えたが、早くきりたんぽ鍋が食べたかった。

秋田県の象潟町《きさかた》（現・にかほ市象潟町）に、当時〝青年の家〟という宿泊施設があり、松尾芭蕉が歩いた「奥の細道」の景勝地に程近い場所にあった。

青年の家に着いたのは、日が落ちかけて空がオレンジ色に染まっている時だった。

素泊まりで予約していたので、荷物を置いて食事をしに出かけようと、女将さんに、きりたんぽ鍋を食べさせてくれる店が近くにあるかと訊ねると、笑われた。

秋田の人は家庭で食べるから、きりたんぽ鍋をメニューにしている店はないという。他の土地で秋田の郷土料理を出す店ならあるだろうけど、と教えられた。確かに言われてみればその通りだ。

それならと、女将さんが調理室へ案内してくれた。

青年の家は林間学校に来る小中学生を受け入れている施設で、学校の家庭科で使う調理実習室と同じような設備があった。

調理台が八台ほどあり、その下に調理器具が収納されている。自炊ができるのだ。

女将さんがきりたんぽ鍋の材料と、宿から一番近いスーパーの地図を紙に書いてくれた。

何とも楽しいハプニングに、足取り軽く買い物へ出かけた。見たことのない材料名にほんの少し不安もあったが、秋田料理の材料は現地のスーパーには当然のように並んでいた。比内地鶏のスープ、せり、絶対に欠かすことのできないきりたんぽの他、全ての材料がカゴに収まりレジへ向かうと、地酒のコーナーがあり、秋田の人が飲んでいる地酒がずらっと並べられている。そこで関東では見たことがなかった〝天寿〟という日本酒を買った。

秋田料理に秋田の日本酒。今夜は秋田ナイトだ！　意気揚々と青年の家へ戻り、女将さんから手順を教わりながら調理実習がスタートした。

出来上がったきりたんぽ鍋は最高に美味しかった。天寿に酔い、身も心もほぐれ、朗らかな女将さんの人柄が温かくて、まるでおばあちゃんの家にいるようにリラックスしていた。自宅ほどの気安さではなく、かと言って他人の家という緊張感がなかった。

他に宿泊客のいない貸し切りのお風呂に入り、合宿所のような広間に一枚布団を敷いて休んだ。

翌朝、玄関脇に置かれた自転車を貸していただき、蚶満寺《かんまんじ》へ行ってみた。ここは松尾芭蕉が「奥の細道」の旅で訪れた寺で、句碑が置かれている。入り口から境内へは両脇に緑が植えられた石畳を歩く。その時、曇り空から粉雪が降り始めた。境内へと導く石畳に粉雪が消えてゆく。朝の静寂と清涼な空気が、奥の細道最北の地の情緒を演出してくれている。

寺を後にする時には雪は止んでいた。ほんの一瞬の夢を見ていたような余韻が、三十年近く経った今も記憶に残っている。

象潟の駅前に喫茶店があった。

壁に手作りのコーヒーカップが並べられている。ケーキはオーナーの奥様の手作りで、その日はチーズケーキがメニューに書かれていた。

カウンター席に座り、オーナーから美味しいコーヒーのドリップ方法や、お湯の適温などを教わった。

チーズケーキを食べながらコーヒーのおかわりを頼むと、好きなカップを選ばせてくれた。一杯ずつ違うカップで飲めるのも楽しい。

店を出た後は海岸へ行った。夏は海水浴場になる砂浜から海を眺めた。波の音は青年の家にも聞こえてくるけれど、なぜか物悲しい。三月のまだ冷たい空気のせいなのかもしれない。

宿に戻り、もう一泊したいと女将さんに言うと、夕食に秋田のもう一つの郷土料理である〝しょっつる鍋〟をご馳走すると言ってくれた。女将さんの手料理をいただきながら、青年の家を営んでいる女将さんの様々な経験を聞き、私の迷いも聞いてもらい、昨夜以上に打ち解けた宴となった。

私の迷いは結婚についてのことだったが、その時はまだ決めかねていた。

「人生は長い。結婚は急がなくても良いという気持ちでゆっくり考えて結論を出せば良い」

と、女将さんは言ってくれた。

その日も貸し切りのお風呂にゆっくり浸かり、波の音を聞きながら眠りについた。

翌日、女将さんと固い握手をして青年の家を出た。

駅前の喫茶店でコーヒーを飲み、オーナー夫妻に挨拶をして、列車の旅を再開した。

車窓から鳥海山《ちょうかいさん》が見え、裾野を広げた雄大な姿に、思わず、

「うわあ」

と感嘆の声が漏れた。

しばらく山容を眺め、鳥海山に見送られながら、次に目指したのは新潟県佐渡市。

新潟駅近くからフェリーに乗り、佐渡ではバスに乗った。

次に宿泊するユースホステルは洋風の建物で、ベッドのある個室だった。私以外の宿泊客は皆、仕事で佐渡へ来ている建設作業員だった。

食堂での夕食の間、誰かと会話をすることもなく部屋に引きあげた。

翌朝、女将さんに自転車があれば貸して欲しいと頼むと快く貸してくれた。

佐渡の広い道を走り散策した。天気は快晴。

持ってきたガイドブックには、佐渡には日本古来の最後の朱鷺《とき》を保護している施設があると載っている。

日本最後の朱鷺〝キンちゃん〟がどこにいるのか探して佐渡トキ保護センター内をウロウロ歩いているうちに、入ってはいけないエリアに入りこんでいたらしい（現在は一般公開されていない）。センターの人から叱られてしまったが、キンちゃんはどこに行けば見られるのか聞いてみた。すると、係員はキンちゃんを見に来たのかと態度を軟化させ、教えてくれた。

キンちゃんは高齢になり、今は室内で二十四時間態勢で保護されていて見られないという。

残念がる私に係員は少し待つようにと言ってきた。立入禁止エリアだと叱ったのに、今度は留まるように言われた。

少しして戻ってきた係員は、キンちゃんの写真が印刷されたテレフォンカードをくれた。とても優しい人だった。展示館へ行ってごらんと場所を教えてくれた。

展示館には朱鷺の羽根が展示されていた。

オレンジとピンクが混ざったような柔らかい綺麗な色だ。

朱鷺が羽を広げて大空を羽ばたく姿を想像した。

センターを出て次に向かったのは日本酒蔵元。そこで造っているお酒を試飲させてくれるとガイドブックにはあった。

蔵元に到着するとお猪口を貸してくれて、それぞれのお酒の特長を教えてくれた。

一口目のお酒はお米の甘さを感じられて美味しかった。

二口目は辛口で、アルコールを強く感じる飲み口だった。

そして三口目からは味の違いがわからなくなり、何口飲んだのかわからなくなったところで、どれをお土産に買えば良いかもわからなくなった。

結局容器で選んだ。飲んだ後、一輪挿しにして飾れそうな綺麗な青色の細めの瓶に入っている日本酒を買った。

お酒を飲んだので自転車には乗れなくなり、押しながら歩いて宿へ向かう途中、道路に面白い標語が書かれた看板があるのを見つけた。

「美人多し　スピードおとせ」

お酒の酔いもあり、一人で声を出して笑ってしまった。

その周辺に民家は一軒もなく、見回しても私以外誰一人歩いていないのだ。

佐渡の道幅は広く見通しも良いので、スピードが出やすいのだろう。ゆっくり走らないと美人を見逃してしまうという注意喚起のしかたが上手いなと、考えた人に座布団を一枚あげたくなった。

宿に戻り、もう一泊したいと女将さんに言うと、今日は予約が入っていて満室とのこと。断られたと思ったが、続きを聞いて驚いた。敷地内に女将さんの住む母屋がある。その客間に無料で泊めてくれると言う。その代わり満室で忙しいから、食事の配膳を手伝って欲しいという、願ってもない話だった。

もちろん手伝いますと言って荷物をまとめ、母屋へ移動した。

刺身や煮物など女将さんの手作り料理を盛り付け、テーブルに配膳していく。女将さんの姪御さんも手伝いに来ていて、母屋に一緒に泊まった。まだ学生の可愛らしい女の子で、部活や友達のことを話してくれた。ディズニーランドに行ってみたいと、ミッキーマウスが好きだと教えてくれた。私も学生の頃はディズニーランドが好きでよく行っていた。関東に住んでいるから気軽に行けるけれど、佐渡の人にとっては遠く、行ったことがないと言う。今日の思い出に、自宅に帰ったらミッキーマウスのぬいぐるみを送ると約束した。

翌朝も食事の配膳があるので、もっと話したい気持ちを抑えて眠った。

翌日、女将さんに見送られてバス停へ向かいながら、今回の旅はここで終えて帰ろうと決めた。

たくさんの人達のご厚意に触れ、胸がいっぱいになった。

新潟駅から新幹線に乗れば二時間ほどで地元に着く。

やがて、車窓から見える景色が見慣れた風景になってきた。

数日前は雪のゲレンデにいたのに、武蔵野の平野には桜が咲いている。

新幹線を降りると暖かい春の匂いがした。

冬発、春行きの旅。

何も決めず、行きあたりばったり。この経験から得たことは、何とでもなるものだということ。

旅の計画をあれこれ考えるのも楽しいけれど、何も考えず飛び出しても充分楽しめる。

自分探しというより、私は私のまま楽しく過ごしていられれば幸せなのだと再認識できた旅だった。

後日、佐渡のユースホステルの女将さんに宛てて、一緒に食事の配膳を手伝った姪御さんに渡して欲しいと、ミッキーマウスとミニーマウスのぬいぐるみを送った。彼女から、可愛い絵が描かれた返事の手紙が届いた。

この旅から二十四年後の秋、二十歳になった息子達と一緒にスーパームーンの輝く日、宝石箱から溢れたような函館山からの夜景を見ることができた。

十年計画

今すぐできないことでも十年かければできること。

十年後、達成できなかったとしても、それを意識して過ごした十年は何か得られるものがある。

自信になるはず。

そう思ったのは子育て中で専業主婦だった時。

子どもはいつか手が離れ、母親としてではなく一人の女性として生きる日が来る。

その日の私のために今からできることをしておかなくては。

まずは再就職を目指そうと決めた。

資格を取り、ステップアップできる仕事を得て、段階的に収入を増やす計画を立てた。

他にも、当時三十歳を過ぎ、妊娠、出産を経たことで崩れた体形と、衰えつつある筋力も何とかしなくてはと、考えていた。

そしておろそかにしていたスキンケアもしようと。私は皮膚が敏感肌で顔には吹き出物があり、体も乾燥肌で粉を吹くほどカサカサしていた。

これから年齢を重ねていく不安の種が、全身にびっしりとこびりついていた。

果たして十年後、四十歳を過ぎた私はどうなっているのだろう。

そうして私の十年計画はスタートした。

パート勤務をしながら資格を取り、六年後に再就職を果たせた。ところが予期せぬ事情により、二年ほどで退職することに。これも天命と思い定め、家族の介護を引き受けた。

パート勤務をしていた時は時間を調整しやすかったので、フィットネスクラブに入会した。器具を使ったトレーニングは負荷をかけるウエイトを自分で調節できるので、効率良く筋力をつけられた。

ヨガやピラティスなど、スタジオで行われるプログラムにも参加し、精神面を浄化する時間にもなった。そして広いお風呂で汗を流し、清々しい気分で家路につく。

筋力が鍛えられたという成果を感じるまでに時間はかからず、クラブで過ごす時間が楽しみになり、しばらく通った。

再就職後はなかなか行けなくなり退会してしまったが、体力を維持するための筋トレは自宅で続けている。

一番手こずったのは肌質改善だった。

スキンケアの試供品はいろいろと試したものの、継続して使ってみないと自分の肌に合っているのかわからない。買ったら全部使わないともったいないと使い続けたことで、かえって肌トラブルがひどくなることもあった。そういう時はステロイド剤が配合されている軟膏を塗った。できれば薬に頼らず良い状態を保ちたい。

年齢と共に肌の衰えが進んでいくことは間違いない。もう思い切って今まで手が出せなかった高級化粧品を試してみようと、化粧水をそれまで買ったことのある価格の数倍の値段で購入した。

すると、一瓶使い切るまでの間にトラブルは何も起こらず、肌がしっとりと柔らかくなった感じがした。

ドラッグストアで取り扱っていない高級化粧品は、駅ビルや百貨店の売り場で、カウンターでの対面販売となっているらしい。

購入した化粧品を扱っているカウンターで、美容部員の方に肌トラブルがなくなったことを伝えると、肌診断をしてくれた。

自分史上最高と思える肌の状態に、結果を期待してワクワクした。ところが機械が弾き出した結果は、相変わらず乾燥肌だった。がっかりしたと同時に覚悟を決めた。勧められたスキンケア商品を全て買って試そうと。

私はスキンケアについて無知で無頓着だった。日に焼けることは何も気にせず、息子達と海水浴やプールへ行き、保湿は化粧水だけだった。それもお手頃価格の。

この日から、お風呂上がりのスキンケアが変わった。顔には美容液や乳液を追加し、全身に化粧水とボディクリームを塗った。

体用はドラッグストアで乾燥肌用を選び、未来の自分へのプレゼントと思いながら毎晩たっぷり染み込ませる。

結果、四十代を迎えるまでに肌質は改善された。五十代になった今も同じ化粧品を使い、肌診断の結果にも満足している。

スキンケアに追加して、三年前からコラーゲンを摂取するようになった。顆粒のゼラチンを温かい飲み物に溶かして毎日飲んでいる。時々飲みかけを放置してゼリーにしてしまうが、そういう時はレンジで温めるか、お湯を足して溶かす。

三十代に立てた十年計画で、筋力を鍛えておいて良かった。

四十代の終わりには、新たな十年計画として登山を始めた。体力に不安はない。

関東平野を囲む低山の代表格とも言える、東京都の高尾山を皮切りに私の山歩きは始まった。

麗らかな春の抜けるような青空の下、登り坂の散歩道をのんびり歩いた。

山頂からは、まだ雪を被った富士山と、その手前にさがみ湖リゾートプレジャーフォレストの観覧車が見える。

下山後は麓の温泉でゆっくり足を伸ばし、疲れをほぐした。

その後、秩父市や足利市の山にも登った。

秩父の地形、気候は霧が発生しやすいようで低山ながら雲海を見ることができる。

奥秩父の笠取山《かさとりやま》では山頂に雪雲が停滞し、霧氷を見ることができた。

そして足利の両崖山《りょうがいさん》からは、東京スカイツリーまで見渡せ、関東が平野だということを実感できる。

その両崖山は、二〇二一年二月二十一日、森林火災に見舞われた。原因は煙草の火と発表されている。連日、火災の範囲が広がっていると報道された。地面を覆う落ち葉が燃え、炎を広げたらしい。

同年三月一日。ようやく鎮圧したという発表により、地域の避難勧告と北関東自動車道の通行止めが解除されたそうだ。

この年の暮れに両崖山に登った。

木の根元に近い幹は黒く焦げ、火災の爪跡を残しているが、地中の根は力強く踏ん張り、幹に葉に栄養を送り続け、森を守っていた。

翌年の秋、再び足利市を訪れた。

行道山浄因寺《ぎょうどうざんじょういんじ》境内の巨石に立つ「清心亭《せいしんてい》」へと渡る橋は、江戸時代に葛飾北斎が「くものかけはし」と題する絵に描いたそうだ。その橋を守るかの如く大きな銀杏の木が葉を広げている。黄色に染まる頃、その姿を一目見ようと人が集まる。野生の鹿の親子にも出合えた。火災の後、生き延びていたのだと安堵した。

同じ山に何度登っても見える景色はその都度違う。季節、天候、時間。そして己の心。

山を下りる時には、山で得た心境を持ち帰ることができる。

いつも感じることは、自然の中に身を置くことで、強い生命力をもらっているということ。

車の運転と山を歩いたことで体は疲れているはずなのに、エネルギーが溢れ、心に停滞していた澱《おり》のようなものを一掃し、浄化されている感覚を得る。

二〇二二年大晦日。東京都、埼玉県、山梨県をまたぐ雲取山《くもとりやま》へ入った。

日本百名山に挙げられる雲取山山頂の標高は二〇一七メートル。その日は中腹の山荘で一泊した。

山荘では私と同じく単独行の女性が数名いて一緒に食事をした。登山に慣れた人が多く、立山連峰や北アルプスの槍ヶ岳にも登ったと聞き、とても刺激になった。

二〇二三年元旦。

よく晴れた朝、雲取山山頂は雪が積もっている。空気が澄んで富士山が間近に見える。

その名の通り、雲が手に取れそうなほど高い場所に立っていると感じられる景色だ。

自分の足で歩き、初めて二〇〇〇メートルを超えた。

新たな十年計画は始まったばかり。

いつか三〇〇〇メートル級の山の頂に、その時その場に立たなければ見られない景色を見に行く。

山にはそれぞれの魅力がある。そして同じ山でも、その時その時また違った魅力を感じられる。興味は尽きない。

足利物語

毎年十一月第三週の週末に足利市のココ・ファーム・ワイナリーで収穫祭が行われる。

二〇二一年の森林火災をニュースで知った時、両崖山近くにあるココ・ファーム・ワイナリーにも被害が及んでいるのではと心配したけれど、無事と聞き安堵した。

数年前、知人から美味しいワインを造っている日本のワイナリーがあると教えてもらったのがきっかけで、年に数回通うようになった。

当時は、JR足利駅の隣に「あしかがフラワーパーク駅」が開業し、あしかがフラワーパークへも電車で行きやすくなった時だった。

私が住む地域からは車でも電車でも、日帰りで行ける近さだけれど、足利駅周辺のビジネスホテルに泊まる。

ホテルからタクシーでココ・ファーム・ワイナリーへ向かった。

ワイナリーへと続く山道は舗装されていて、途中に「こころみ学園」の建物がある。その前の坂道をさらに上って行くと、醸造所とその上階にカフェのテラス席が見える。山の斜面には葡萄畑が広がっている。

タクシーはワイナリー内のショップの前で停まった。そこはタクシー乗降場になっていて、ベンチが設置され、帰りのタクシーを呼ぶ人のためにタクシー会社の電話番号が書かれている。

さらに坂道を上がったところには駐車場もある。

ショップの入り口前にはミモザの木があり黄色の花をふっくらと咲かせている。

店内ではワインだけではなく、野菜や椎茸、チーズ、ドライフルーツなど様々な食品と雑貨も販売されている。

店内カウンターでは、五銘柄を選んでワインの試飲ができる、おつまみ付きのセットが申し込める。

スパークリング、白、ロゼ、赤と、それぞれ種類が豊富で、ワインには素敵な名前がつけられている。

「陽はまた昇る」

「月を待つ」

「山のカンタータ」

「風のエチュード」

等々、自然や音楽にちなんだ名前が多い。

味の好みを伝え、スタッフに五銘柄を選んでもらい試飲した。

葡萄の品種や醸造方法の説明だけではなく、どのような料理と合うかまで教えてくれた。

その方の知識の深さに感心しながらいただいたワインは、どの銘柄も個性的な特徴があり、葡萄の味をしっかり味わえる美味しさだった。

店内奥にあるカフェの入り口には席が空くのを待つ人達が数組いた。私も名前を書き、しばらくショップでお土産を選びながら待つことにした。カフェのメニューは野菜サラダがセットになったランチメニューの他に、ワインのおつまみになるサイドメニューもある。エスカルゴ、ローストビーフ、チーズなどを注文し、ワインを一層美味しくいただけた。

目の前に広がる葡萄畑に視線を向けると、山の斜面に植えられた葡萄の木に新芽が育ち、緑に太陽の光が輝きを添えるように照らし、青空に映えている。

自然の恵みの中で大切に育てられている畑の景色を眺めながら、その地で造られた美味しいワインを愉しむ。とても豊かな気持ちにさせてもらった。

「消えて無くなるものに渾身の力を注げ」

創設者、川田昇先生のこの言葉が今も息づいているようだ。

畑で土を耕すことから始まり、グラスにワインが注がれるまでに、最低でも十年の時間と手間がかかるという。

人々の「美味しい」のために造り手が費やす労力は、強固な信念なくしてできることではないと感じる。川田昇先生はすでに他界され、残念ながらお会いしたことはない。

足利市内の中学校で特別支援学級を受け持っていた川田先生は、私財を投じて山を買い、その急斜面を生徒と共に開墾し葡萄の木を植えたと聞いた。

一九六九年、「こころみ学園」という指定障害者支援施設を立ち上げ、その後、支援施設の父母からの出資によってココ・ファーム・ワイナリーが設立された。

生前の川田先生がワイン造りについて、

「福祉を売り物にして、お情けで買ってもらうようなワインは造らない」

と、信念を語っていらしたとネットの記事で知った。

現在も川田先生の信念は受け継がれている。

「葡萄がなりたいワインになれるよう」

葡萄の声に耳を澄ませる。

ココ・ファーム・ワイナリーでは、野生酵母（天然の自生酵母）を中心に醗酵を行い、葡萄本来の自然の持ち味を引き出すという造り方をしている。

自然へのこだわりは、それだけではない。

葡萄の育つ環境も適地適品種という考えから、その土地の土壌や気候風土の中で無理なく元気に育つよう、葡萄品種の個性を大切にしている。

ココ・ファーム・ワイナリーに通ううちに、カフェのソムリエで支配人を務める根岸智也《ねぎしともや》さんと親しくなった。

根岸さんは二〇二一年の森林火災の時、被害の詳細な情報を住民が知る手段がなかったことで不安が募った経験から、何かできないかと考え、地元にラジオ局を開局しようと行動を起こした。

手探りで準備を始め、足利コミュニティFM株式会社を立ち上げたメンバーの一人となった。最初にラジオ局を開局したいという話を聞いてから一年後には、常務取締役に就任された名刺を受け取った。

何もわからない世界に飛び込み、一つ一つ課題をクリアすることは、簡単なことではなかったはずだけれど、根岸さんが新しい試みに挑戦する姿勢は活き活きとしている。

地元住民の方達へ役立つ情報を届けるラジオ局の今後の運営も応援したい。

二〇二三年十一月十八日、第四十回収穫祭。晴天に恵まれ、葡萄畑を観客席にしたお祭りにたくさんの人が集まっている。カフェのテラス席はステージとなり、女性四名のヴォーカルグループの澄んだ歌声が響いている。

今年のできたてワインをいただきながら、ジブリ映画の曲に耳を傾ける。

可愛らしいピンク色のできたてワインは微発泡で飲み口がジュースのように甘く軽やかなので、飲み過ぎに注意が必要だ。

葡萄畑の斜面で転んでしまう人や、木にもたれて歩けなくなる人がいる。隣で飲んでいた人は、私と同じくヴァイオリニスト古澤巖《ふるさわいわお》さんの演奏を聴きたいと言っていたのに、酔って寝てしまった。帰る時には斜面で尻もちをつき、スマートフォンを落としてしまったのを見て、

「バッグに入れますよ。ファスナーを閉めますよ」

と声を掛けたが、朦朧としているようだった。

祭りの楽しみ方は人それぞれだ。

ワインを飲み、音楽に合わせて踊る人。

大勢で盛り上がり、大宴会になっているグループ。

私はワインも音楽もじっくり楽しみたいので毎年一人で参加するが、足利ではいつも親切に接してくれる人と出会える。

ブルーシートを広げるのも譲り合い、自然に会話が始まる。同じ目的で祭りに参加する仲間として接してくれる雰囲気がある。

この年の収穫祭も気持ち良く過ごすことができた。

日が沈み、辺りが暗くなると、小高い山の中腹に立つ足利織姫《おりひめ》神社がライトアップされ、美しい社殿が浮かび上がる。

夜の散歩も趣があって良い。

小路《こみち》に入り、日本最古の学校である足利学校の史跡や国宝の鑁阿寺《ばんなじ》へと続く石畳を歩く。お寺の周りをぐるりと囲むお堀には綺麗な水が流れ、鴨や錦鯉を見ることができる。

その先に猫又屋というバーがある。三階建ての立派な建物の内部は近代的な内装で、ステップフロアの開放的な空間になっていて、パーティが催せる広さがある。

オーナーの新井洋史《あらいひろひと》さんは、バーテンダーとして日本の最高位を何度も獲得し、カクテルの国際コンペティションでも準優勝に輝いた実力者だ。

お酒はもとより多方面に関心を持ち、豊富な知識と経験を惜しみなく何でも教えてくれる。自宅でカクテルを作りたい素人にも、プロのバーテンダーにも、分け隔てなくカクテルの作り方を教え、セミナーの講師を依頼されて引き受けてもいる。

何事も真剣に取り組み、新しいことにチャレンジすることをワクワクして楽しんでいる。一番身近な奥様からは〝マルチクリエイター〟と評されている。

新井さんのオリジナルカクテルの中でも私の一番のお気に入りで「アフロディーテ　イスパハン」というカクテルがある。

赤と言うべきかピンクと言うべきか迷う深い色をしている。瓶入りでの販売もされていて、瓶を振るとパールの粒子が輝きながらゆらめき、一色に混ざり合うことなく漂い続けている。お店で注文すると、バラの花の形をした氷に魅惑的なその液体が注がれてゆくのを目の前で見ることができる。

口に含んだ時はフランボワーズの甘さと華やかな香りを感じるけれど、後味は甘さを壊さない引き締め役の存在が感じられる。その隠し味さえ教えてくれるのだ。グレープフルーツ果汁だと。

その味の完成には、バーテンダーとしての数十年ものキャリアや研究があることは間違いないのに、出し惜しみが一切ない。

その新井さんが世界で準優勝したカクテルを飲みたいと頼んでみたが、残念ながら叶わなかった。

コンペティションのためのレシピには、その大会のコンセプトに合わせて材料を調達するため、通常営業では用意することのないアイテムが含まれているそうだ。

その時のカクテルの名前は「TSUNAMI」だったのだが、大会が終わり帰国した一週間後、東日本大震災が発生した。

国際大会準優勝の報道がされる直前のことだった。被害の状況を鑑み、新井さんの判断でカクテル名を変更することになった。

その夜、空に浮かぶ月の優しい光を浴び、心穏やかにと願いを込め、「ムーンライト」と改名されたという。

そのエピソードを聴き、私は新井さんの渾身の一杯を飲みたいと注文した。すると、

「ギムレットに魂を込める」

と言って作ってくれた。

私はジンを好むけれど、時々ジンベースのカクテルをバーで注文すると、ジンは何が良いかと聞かれることがある。

タンカレーや、ボンベイサファイアなど、味の全く異なるジンで好みが分かれるのだろうが、そのバーテンダーが最高と思うレシピとシェイクで作ってくれれば、それを味わい

たいと思う。

シェイカーの中で氷に砥ぎ澄まされた液体が、よく冷えたグラスに注がれる。

新井さんのカクテルには、

「これが私のカクテルです」

という自信が窺える。

ハードなシェイクで作るバーテンダーの腕によるものなのだろう。一筋の軸に直立するように味がまとめられている。

ソフトなシェイクのバーテンダーが作るショートカクテルでは、時に味がバラけてしまうことがある。

新井さんの〝魂のギムレット〟には、青りんごの淡いグリーンが思い浮かんだ。

りんごの味がするわけではない。

グラスの中の液体は白い。

なぜ、青りんごの色が浮かんだのか不思議だと私が言うと、新井さんは隠し味を教えてくれた。

通常、ギムレットには砂糖のシロップを入れるが、砂糖を使っていないと。代わりに高級和菓子にも使われる甘味料を使っている。アルコールに強い女性でなければ敬遠されがちなギムレットに、優しい蜜の甘さを忍ばせていた。

パティシエのように甘味料にまでこだわるバーテンダーを、私は他に知らない。同じ名前のカクテルでも作り手によって味は変わる。数多《あまた》あるバーを巡り、自分好みのバーを探すのも楽しい。

新井さんのこだわりと探究心を知れば知るほど、味への信頼にワクワクする。

新井さんと話していると共通点が多い。本を読むのが好きなこと、登山をすること、楽器を演奏すること。そして、ワクワクしていたいよねということ。

翌日、家に帰り、冷蔵庫で冷やしておいた、「アフロディーテ　イスパハン」をお気に入りのロックグラスに注ぎ、アルゼンチンタンゴの名曲を聴きながら飲んだ。

ワインセラーには、ココ・ファーム・ワイナリーのワインが収まっている。

ワクワクは続く。

足利の皆さん、またお会いしましょう。

生きるために

二〇二三年春。がんと診断された時、手術を受ける気持ちにはなれなかった。

手術の痛みに耐え、治療を続けても転移は止められず、新たに見つかった病巣を再度手術で取り除くということを繰り返す状況になるかもしれない。さらに、治療による副作用や後遺症が現れるかもしれない。

長く生きられることは素晴らしいと思う。それが苦痛に耐える時間でなければ。

治療の辛さに耐えるのは、治ると信じているからだろう。治して生きる時間を延ばせると思うからに違いない。

私にとって治療を受けることは、それに伴う苦痛などにより気力や体力が落ち、日常を生きられる時間が削られてしまうのではないかと感じる。

今、手術を受けていない私の体は胸に小さなしこりがある以外、がんになる前と変わりない。このまま十年でも二十年でも元気に生きていられると思っている。

手術を受け、体に痛みを感じることや傷痕を見ることで、自分が病人なのだと感じてしまう。今のように元気ではなくなってしまう。それでもきっと心配してくれる身近な人達に無理をしてでも元気なふりをして笑ってみせるだろう。そして一人になった時、こらえられず、ぶつける先のない悲しみを泣くことでしか落ち着けられないのだと思う。

病と闘うということは、病気を治すために治療に耐えることだと思われがちだが、病に蝕まれるのは体だけではない。

病気になったことによる精神的なダメージを受ける。そのダメージを癒やす間も与えられずに手術や投薬などを受ける決断をしなければならない。

自分の体を外からも内部からも傷付けられる。

メスで切り病巣を取り除くことは、大怪我を負うことなのに、病気を治すための正当な行為と思われている。

薬を、点滴で入れたり内服したりすることが体に負担のかかるものであっても、病気を治す〝薬〟と言われれば取り入れてしまう。

もし治らないとしたら、それらを受け容れられるだろうか。

病気になったことで精神的にダメージを受けたまま体にもダメージを受け、挙げ句に治らないと知った時、それでも病と闘ったのだと強い気持ちを保てるだろうか。

治る確率や十年生存率で、私の運命をはかったり懸けたりなどできない。

自分で決めなければ病と闘うことはできない。病を取り除く闘い方を、私は選ばない。

ダメージを最小限にし、今まで通りの日常を続けることで、精神的な健康を保つという闘い方を選ぶ。

私の細胞が変化してしまった。それだけのことだ。そのまま生きて行く。

心の赴くまま喜びを感じられることを大切にしていたい。

食事の支度をする時、面倒に感じることもあるけれど、手間をかけ美味しくできれば嬉しい。それを食べた人から、

「美味しい」

その一言をもらえると満たされた気持ちになる。

健康的な肌や髪の艶を褒められれば、心が躍るほどの喜びを感じて美しくあろうという

気持ちを保てる。

出かけた先で偶然のラッキーな出来事があったり、思いがけない贈り物を受け取ったり。

日常を過ごす中で時を刻み変化することを感じるのも楽しい。紅葉がすすんでゆく景色も、富士山の冠雪も、椿の葉や花の蕾がふくらむ様子も。

私に残された時間があとどれくらいあるのかということを考えるより、巡る季節を感じ、見たい景色を見に行くことを選ぶ。

春の訪れを鳥の鳴き声で感じる。

山を歩くと木々に新しい葉が芽吹き、春の花が綻び、昼夜の寒暖差が大きくなるこの時期、山頂では雲海を見下ろせる日が多い。

青い空を独り占めしている気分で両腕を広げる。

私のエネルギーと自然のエネルギーが循環しているのを感じる。

「生きている」

そう心が叫んでいる。

命の奇跡

私が母の胎内にいる時、流産というアクシデントがあり、胎内に残っているものを排出する薬を服用したそうだ。

当時の産婦人科医院に胎児の状態を観察する超音波検査機器はなく、双子であることに気付かなかった。妊娠初期にはよくあることだったらしい。

流産後に張り出してくるお腹に異変を感じた母が産婦人科を受診し、双子の片割れだった私がまだ胎内に残っていることがわかった。

しかし薬を服用していたことで、胎児に何かしらの影響があったと考えるのは当然のことだ。

母は中絶する意向を医師に伝えた。

しかし、医師から意外な返答があったことを母は覚えていた。

「この子は神に守られた子だから安心して産みなさい」

科学的根拠のない神の存在を医師が口にすることは極めて珍しいことなので、母はよく覚えていると言う。

もしかすると、中絶できる週数を過ぎていて産む決断を促すために言ったことかもしれないが、私の命の恩人であることは間違いない。

そして数ヶ月後に私が生まれた時、母は私の手足が揃っているかをまず確認したらしい。我が子の顔を見たのはその後だったという。

赤ちゃんとは思えない美しい色白の澄まし顔で、母には生まれてきたばかりの私が高貴なお姫様に見えたそうだ。

その後、私は特別美しくなく平凡に成長した。

大人になった私の夢は〝お母さんになること〟だった。

生まれることができなかった双子の片割れの存在はずっと心の片隅にいる。

会ってみたかった。一緒に過ごすことができたら、今以上に楽しかったのだろうと想像する。

二十四歳で結婚し、三年目の初春。

冬の寒さが抜けきらぬ頃、妊娠に気付いた。外出する先々で双子を連れた家族を何組も見かけた。

医学の進歩により、二人共無事に生まれることが多くなっているのだろう。

妊娠三ヶ月の健診時、ドップラー法で胎児の心音を確かめていた助産師さんが、

「あれ」

という一言を発した後、しばらく心音の確認を続けている。お腹の様々な角度から何度も確かめ、

「間違いない。二人います」

そう言った後、書類を用意し、救急指定病院へ宛てた紹介状を書いてくれた。

当初受診していたのは助産院で、分娩台に乗らず、楽な姿勢で出産できるというのが気に入ったのだったが、病院とは違い医療行為が行えない。

多胎児妊娠の場合、妊娠中毒症、高血圧、尿タンパクなど特に気をつけて経過を診てもらう必要がある。

そして、自宅から車で十分ほどの距離にある、紹介された大病院に初めて足を踏み入れた。歴史を感じさせる建物はその都度増築を繰り返したであろう跡が見てとれる。

受付を済ませた後、上った階段からは診療科へ行けず引き返し、繋ぎ合わせた跡のある廊下を進んでから再び階段を上がらなくてはならなかった。階段の奥にはエレベーターもあった。妊娠三ヶ月にしてはお腹が前に張り出していると友人から指摘されたが、特に気にも留めず普段通り過ごしていたので、この時も迷わず階段を選んだ。

指定された診療科は、〝ハイリスク妊婦外来〟だった。

初めて知った、特別感のあるその科は、同院の部長でもある経験豊富な医師が担当していた。診察室では部長という偉そうな肩書きを感じさせない、気さくな先生だった。

私は、空腹時は気持ちが悪くなる食べづわりのせいで、食べてばかりいた。当然体重は増加する。

次の健診で何を言われるかと少し怖かったが、先生は二言、

「ずい分食べたね。歩くようにしてね」

それだけだった。

先生が優しい分、助産師の皆さんが指導をしっかりしてくれる。

ハイリスク妊婦の健診は通常の倍の頻度に加え、検査も多い。無事に出産を終えるまで、健康管理が徹底されている。

健康保険が適用されないため、費用の負担も当然多くなるが、子どもの命には代えられない。

その甲斐あって双子の息子は二人共無事に生まれた。

助産師長から、超がつくほどの安産だったと言われたが、あんなに苦しく痛い思いをしたのに安産でしたかと聞いてみた。

「医療の手助けなく順調に陣痛が進んで、静かな良いお産だったわよ」

長年、数多くのお産に立ち会ったであろう師長は手を出さず見守ってくれていたらしい。

「陣痛の合間もよく歩いていたから二人目もすんなり生まれたわね」

一人目を産んだ後、疲労により子宮の収縮が弱まり、二人目は緊急帝王切開で出産することもあるらしい。

私の場合、正期産より少し早く破水し、出産することになったが、先生は、

「二人もいるのによくこれだけ大きく育ったよね。もう狭くて入っていられなかったのかもね」

と、いつもの笑顔で言った。

この程良く力の抜けた感じの先生が本領を発揮した武勇伝を、この十ヶ月後に知ることになる。

妊娠七ヶ月の健診時、切迫早産になりかけているので安静にしているようにと言われた後、家に帰らせると動き回ると私の性質をこれまでの四ヶ月で見抜いていた先生は、このまま入院しなさいと言った。今日は何で来たのかと交通手段を聞かれたので、自転車だと言うと、やっぱりねと呆れられた。

臨月に相当するお腹で自転車に乗っていることに、その場にいた病院スタッフ全員が驚いていた。そして帰らせては危険と判断され入院することが決定した。

切迫早産組は一部屋に集められていて、私の他に三人が入院していた。

まだ生まれるには早い時期に陣痛や破水が起きないようにベッドで安静に過ごし、薬でお腹の張りを抑え、毎朝医師の診察を受ける。

四人共出産予定日が近く、全員初産だった。多胎妊婦は私だけだったが、隣のベッドの人は担当医が私と同じ部長医師だった。どのようなハイリスクを抱えているのかは訊ねなかった。

約一ヶ月の入院生活で仲良くなり、子育てに慣れた頃に集まろうと約束して、私は先に退院した。

それから一ヶ月後、予定日より四週も早く出産した私が切迫早産組の部屋に顔を出すと、皆まだ入院中で、

「お帰り、おめでとう」

と、歓迎の言葉で迎えられた。皆が驚かないことに私が不思議がると、朝の診察の時に先生が私の出産の様子を伝えてくれたそうだ。

その後、他の三人も出産し、十ヶ月経過したところで我が家に集まることになった。四組の家族でバーベキューを楽しみ、後片付けを終えて、お互いの出産、育児の大変さを笑い話にして盛り上がっていた。

ところが、私の隣のベッドだった人が出産直後に生死の境を彷徨《さまよ》ったと話し出して、そ

の場の空気が凍りついた。

彼女が帝王切開で出産することは事前に決まっていたので、入院中から知っていた。長期間の管理入院の甲斐あって赤ちゃんは無事生まれたが、手術中、急激に血圧が低下し意識が朦朧とする中で、彼女はいつにない先生の怒声を聞いたそうだ。

彼女の足を手で摩《さす》り続けながら、点滴の薬の種類や量を大声で指示し、院内コールか何かで医師を呼ぶ指示もしていたらしい。救命救急医を呼んだのかもしれないが、彼女の意識は保たれず、赤ちゃんの産声と先生の怒声を聞きながら死を覚悟したそうだ。

ご主人は医師に呼ばれ、お子さんは無事生まれたが、お母さんは助からないかもしれないと言われたらしい。

翌日彼女は目覚め、先生のいつもの穏やかな顔を見て神に思えたと言う。

看護師さんの話では、血圧を戻すため、先生の必死のマッサージがなければ、助からなかったかもしれなかったということだった。薬の力だけでは戻せないほどの急激な血圧の低下だったそうだ。

話を聞き終えて、こうして子どもを育てることができることに四人共改めて感謝する気持ちになった。

双子育児は想像を絶する惨状だったけれど、二人の息子がお互いの存在を意識している仕種がたまらなく愛おしい。

まだ見えぬ目を隣で泣くもう一人の方へ向け、

「ほう」

という口の形をしながら、泣き声に意識を向けているのがわかる。

動けるようになると、二人で顔を見合わせて笑い、鏡に映る互いの顔を見比べ指差し、言葉にならない声をゴニョゴニョと発する。

まだ言葉を話せないのに、二人は意思の疎通ができるのだ。

這い這いするようになると、どちらからともなく隠れんぼを始めた。一人が隠れると、もう一人はちゃんと探しに行き、見つけたと同時、二人が、

「ばあ！」

と大喜びしている。

成長過程では、楽しいことはいつも一緒。

喧嘩は遠慮なく本気で。

悪さするのも一緒に。

二人が大人になるまで何としても守り、自力で生きて行けるように教育を与えていかなくてはならないという責任が、不安と共に覆い被さってきたことを覚えている。

もし、息子達が小さい時に私ががんになっていたら、とにかく早く治さなくてはと思い、治療を受ける選択をしただろう。

けれど二人が社会人になったことで、私の〝お母さんになること〟という夢は全うできた。

双子には親でさえも立ち入れない、二人だけの世界がある。親以上に互いを信頼し、固い絆がある。

別々の会社で働いていても、その様子や励まし合っていることを、二人の会話のやりとりから知ることができる。

双子で良かったと日々眺めている。

私の片割れも笑顔で見守ってくれていることだろう。

母という役目は果たした。これからは自分がやりたかったことをしよう。日常にはない景色を見に様々な地へ出向き、四季の移ろいを感じたい。

自然の中に身を置くことで、時間の流れとは別の、刻《とき》の流れとでも言えば良いだろうか、何にも縛られず、流れに全てを委ねるような心境でいられる。

そうして自然の中で撮影したタイムラプス映像にピアノの音を合わせてみたり、ショパン、バッハ、ベートーヴェン等、天才達が並べた音符の羅列を無心に奏でてみたり。

楽譜に並ぶ音符を鍵盤で押さえるのがやっとの私の演奏に、いつか色がつく時は来るだろうか。

音楽は技術と共に感性を磨くことを求められる芸術なのだと実感する。なかなか上達しないピアノに向き合い、色彩豊かな演奏を目指す。その難しさに魅せられている。一筋縄では成せないものほど、人は真剣になれるのだろう。

人生の中で不運なことも、苦労と呼べるような経験もしたけれど、何もかも受け容れることでしか自分の心を楽にしてあげることはできなかった。

自分の置かれた境遇の中で、降りかかる困難と感じる出来事も受容し、それでも不貞腐《ふてくさ》れず真剣に生きる。

今、生きている。

そのことに感謝し、日々を大切に過ごすことで、この生命を全うする。

がん細胞があっても、なくても。

私は幸せを感じて生きていく。

神の一滴

私は特定の信仰を持たない。
宗教の教えを受けた経験がない。
それでも神社仏閣を参拝する。
日本神話を考察する本も読む。
神とは何か。
私にとって神とは、森羅万象を司り、世の全てに宿っている存在だと感じている。
子どもの頃、母から、
「お天道様が見ている」
と言われた。
お天道様という神は、こちらから見えなくても、どこからでもこちらのしていることを全てお見通しなのだと教えられた。

私の心に、神に見透かされているという精神が根付き、私の心の中の神に恥じぬ生き方をしようと思うようになった。

人それぞれ神の存在のイメージは違うだろうし、実体の確認できないものを信じない人もいるだろう。

では、人とは何か。

人は細胞分裂によって作られた組織から成る生物の一種であり、知能が高く他の生物と違い、探求する能力を持っている。

理屈で物事を考えることができ、様々な研究がされている。人体の研究も進み続けている。けれど、どんなに科学が進歩しても、いかなる天才がいたとしても、人を創ることはできないだろう。

皮膚、血管、臓器等の材料を渡され人の形を作れたとしても、命を吹き込むことはできないからだ。

しかし私の胎内で人はできた。私の知識の有無とは関係なく。

胎内で心臓が動き、手足を動かし、知らぬ間に人間になっていた。そして生まれた時には呼吸を始めた。

奇跡としか言いようがない。奇跡を感じる時、私はいつも神に感謝する。

私の命にも神の一滴が宿っている。

生物、自然、宇宙の全てが神の一部から成っていると感じる。

神が創った宇宙の法則が解明される時、その証明を美しいと表現される。

私は宇宙の法則は理解していないが、神の美しさは感じることができる。

この世の全てが神の一滴一滴で創られている。

風景も、人の心の温かさも。

それらを美しいと感じられることこそ、私の中に神の一滴が宿っている証。

この一滴。

宇宙の長い歴史の、今この一瞬。

さあ、どう生きよう。

エピローグ

武蔵一宮氷川《むさしいちのみやひかわ》神社には、人生の節目には参詣《さんけい》している。見守っていただいていることに感謝し手を合わせる。

子どもの頃から参拝しているその拝殿へ、子どもを授かった時、お宮参り、七五三、……事あるごとに祈祷に訪れている。

息子達が無事に成人した時は、感慨もひとしおだった。

大学を卒業する時も、その報告と厄祓いの祈祷に訪れた。

見守っていただいているおかげで、無事に子ども達が成長していることを報告し、神に手を合わせると同時に、亡き父へ伝えている気がしている。

父には十歳まで育ててもらった。

厳格ながら、末っ子の私は可愛がられた記憶も多い。

亡くなった後も心の中で、

「父がいたら叱られただろうな」

とか、

「天国から見て喜んでくれているかな」

と、思いを馳せる。

何を言うでもなく、私の心の中で父は微笑んでいる。

人の生命は肉体が滅びることで亡くなったとされる。

その人の人生はそこで終わるけれど、思い出してくれる人が存在する間は、目に見えぬ魂を感じるのではないかと思う。

恐らく人は皆、大切な人を亡くした後、その人を想い、魂を感じることがあるだろう。

「こんな時、隣にいたら一緒に笑うだろうな」

そんなふうに笑顔を思い出してもらえたら私も嬉しい。だから楽しく生きていよう。

一緒に生きてくれた人、私の人生に関わってくれた全ての人達へ感謝を込めて。

著者プロフィール

横雲　一美（よこくも　ひとみ）

1972年生まれ
埼玉県出身
２級ファイナンシャル・プランニング技能士資格取得
顧客資産相談業務
金融機関退職後、現・経理業務在職

写真提供／伊志井　歩

神の一滴

2024年６月15日　初版第１刷発行

著　者　横雲　一美
発行者　瓜谷　綱延
発行所　株式会社文芸社
〒160-0022　東京都新宿区新宿1－10－1
電話　03-5369-3060（代表）
03-5369-2299（販売）

印刷所　株式会社フクイン

ISBN978-4-286-25250-6